U0726259

富春山教

聂权　著

长江出版传媒

长江文艺出版社

聂　权

1979年生，山西朔州人。1994年起开始诗歌写作。曾获2010中国·星星年度诗人奖、2016华文青年诗人奖、2017华语青年作家奖、第五届徐志摩诗歌奖、第二届金青藤国际诗歌奖、第四届红棉文学奖诗歌奖等奖项。有作品被译为多民族文字及英、德、韩文。著有诗集《下午茶》《一小块阳光》及韩文诗集《春日》。

目　录

第一辑

有客有客屠宝石

师　说

我师刘毓庆先生

屡次讲到一个古时的故事

有一大盗，杀人无算

后幡然悔悟

做官，行慈善，拯人无数

每讲及此，我师

总抚手以赞

师博学，言必有据

他赞叹处，该在于

一个人可以收心、洗心

可以转身，可以大毅力

将杀戮转为济世

该在于一个人销去劣根

最终成为一个人

而这种转化

于另一个人的现实难处，在于

污点难以消除，茫茫尘世缺少

理解与原谅

不管他做过多少修正、多少努力

都要在他的后半生，将他的前半生

缉拿归案

富春山教

与《富春山居图》对应的山水
及黄公望
对我进行着
窾坎镗鞳、大刀阔斧的再教育

大雨来江畔，黄公望
无伞，不去，亦不动
眸狂热，揣摩江山于胸中
师物不师人
大痴
是吾师

二十年寻仇，终遇江边
凝神远望黄公望
一把将其推坠水中
一生只恨一个人，这样的时代
已不复存在；而将恰巧在旁救上自己的渔夫
放入七年心血、画中兰亭
感恩心与铭记，是吾师

世间多少痴儿女，太过热爱

便想带走，吴问卿藏山居图

乱世颠沛流离，护此图

"直性命殉矣！"

他差点殉于它

亦要焚它殉他

一分为二的《剩山图》《无用师卷》

终是抱憾，而亦予我这渐怠惰者

有关热爱的两记点化

不晚，黄公望

五十岁始学画

我方四十，不晚

生活刚刚开始

深　渊

吴带当风，吴道子赵景公寺
画地狱变相图
"笔力劲怒，变状阴怪
睹之不觉毛戴"①
屠猪杀狗渔猎辈，观此图
惧罪、悔过、改行者多，
长安东西两市肉类
竟因而不售。一整座
十八层地狱
由心中挪至壁上
是画者心有地狱
抑或只是心中盛装地狱
与心中只是盛装天宫
抑或是心有天宫
同样都属
难以辨明、难以自辩的悖论。可能是民间
早有隐约疑惑，所以造了传说
宁王与赵景公寺住持
邀吴道子作画，吴骄怠，迟迟

---

　　① 出自段成式《酉阳杂俎》。

未肯动身，住持改邀皇甫轸，因皇甫技艺

逼近自己，吴雇凶杀之

而真入过一次地狱

酒醒，猛生忏悔

大师一夜

凝视、画尽深渊变相十八种

壁上诸相，纤毫毕现，使人

望即惊恐

有人说，那是大师

巅峰之作

次 序

儒冠雄才也误身
一错，犹豫不决，犯兵家大忌
二错，生死场犹过顾亲情
三错，高估人性与人信
四错，身家性命交付与仇家
五错，屈身降，辜负了抱卷土志的十余万将士
六错，生于乱世

果然，天下刚定，哀哀寡妇一诉求
头顶高悬利剑
便落下来，梁祖亦想起
被他擒杀、传首的儿子友宁
"几乎忘了这个贼子！"
王师范，二百余口，族

然而礼仪之邦，任何时候，都需用礼与义
维系，师范求得宣诏使者
同意，开盛宴，然后令兄弟、子弟
坑旁，依辈分、少长就戮
"我害怕陈尸于坑下，长幼失了顺序
愧对先人"

饮酒后，王家子弟
白衣胜雪、胜过梨花，依次序昂首
就死
引颈与有序，每一次
都像在为混乱与失衡纠偏

箕子操

箕子何人？竟现于《殷本纪》《周本纪》二纪
箕子何人？与微子、比干并称
"殷末三仁"，谏纣王不听
割发佯狂，隐而鼓琴，被贬为奴

而后，武王访箕子于太行山
而后，避武王远渡东海
而后，将所居地以"朝鲜"名之
而后，由朝鲜归回，经殷商都城遗址
作歌："麦秀渐渐兮，禾黍油油。
彼狡童兮，不与我好兮！"

是了不起的人。然而，刺眼的是
武王克殷，后二年，"问箕子殷所以亡"
"箕子不忍言殷恶"

是了不起的人。然而，披发佯狂际
有多少人舍生忘死奋战
然而，都如他，乱世高士
多少苦难，将有增无减地
落在大地上

资寿寺

三晋中部，灵石降落之处，村村
几曾都有寺庙，它只是
其中一座，而它
用精妙绝伦的塑像、壁画
来为兄弟们的消失
正名，精准地
称量一段荒谬的历史
一千年延续的存在
数年间便毁了，两千年间
一直被防护的
从兹永归墟土；它能独存
传说缘于偶然
有人破坏寺门，暴病而亡
有三人盗走十八罗汉头像
后均于狱中
离奇身故
于无形鬼神之有形敬畏
防护它的武器
而破坏与防卫
亦可归结
于不义与义

陈永泰先生

斥巨资

购回十一尊罗汉头像

后辗转

于欧洲

购回五尊

次年，于日本

又购得最后两尊

归还资寿寺——

愚蠢盗贼

当年只售得 15000 元——

他的努力，对应着

寺庙不远处，文庙墙外的两个大字

"义行"

使人振奋于

"世间真有此"的佐证之一种

英雄传

晨起读方苞写左忠毅与史可法

竟至汗毛倒立

左公微行古寺阅史文

解貂轻覆沉眠人

面署第一深期许

厂狱炮烙斥轻身

千古英雄气，至

"公辨其声而目不可开

乃奋臂以指拨眦；目光如炬，怒曰"

溢出如千崖陡峭凛冽气

"他日继吾志者，惟此生耳"

与羞而退去，后宵衣旰食

数月不寝保卫一忽喇喇将倾王朝的忠义者

构成呼应

"吾上恐负朝廷，

下恐愧吾师也"

英雄，原来向来，是需要

识别、深信，与传承的

降 伏

以巾帼、妇人之服遗敌

激将，并非自诸葛亮始

后隋时亦有，炀帝遣右御卫将军陈棱

讨杜伏威，伏威英勇无敌

棱未敢战，伏威送其女服

称其"陈姥"，可叹

棱不能若司马懿

深谋忍辱

一怒，倾军出决雌雄

而终全军覆没，激战时

棱军中一将，射中

伏威额头，伏威

大怒，喝：

"不杀你

我终不拔箭！"

纵横捭阖，突入棱军

生擒射者

令其跪而拔箭

然后杀之

这过程与仪式，与《西游记》中

套路相同，神佛应援收服妖怪

总要以手一指，喝声

"孽畜还不现形!"

妖怪便不得不现出原形

被骑跨远走

降伏一个人，不仅要降伏其身

还要辱其心

被降伏者，要献出自己的

屈辱、惧怕、战栗

无有寸缕、被人观赏的健壮身心

行密传

异代英雄相同时
越王勾践，卧薪尝胆十年
他诈为失明三载
南吴太祖杨行密
误任妻舅朱三郎，作泗州防御使
朱势坐大，欺杨
五代十国第一人，竟也有
困顿难伸日
杨因目疾伪作失明
往往跌踣触碰，弄得自己
头破血流
后使妻唤朱三至，伪称
欲将军府权全交由朱
朱喜不自胜，不设防下拜
杨袖中出铁槌，迅雷不及掩耳势
击其首，毙之

出槌时，死生、安危一线间
使人悬着心；英雄宝贵时间三年
竟都用于忍辱、迷惑
可更琢磨处，府中

姬妾、奴仆曾对杨轻蔑、侮辱、无礼者

事后都自杀

天知道，三年间

他经历了什么！

正是：命运若真夺他目

纵为豪杰亦枉然

从　容

——夜读王粲《英雄记》

宁为太平犬

不作离乱人

而即使是在乱世

最糟糕的时刻

也有从容

董卓废皇太后，当夜杀之

废皇帝，杀之，立陈留王

废立生杀之际，卓嚣呼

"天下之事决，岂不在我！

我令出，谁敢不从？"

袁绍答："天下大

豪杰岂仅董公？绍

请立观之"

横刀一揖，不顾而去，卓

为之气夺，未敢追

——这是英雄的从容

比英雄更从容的

是两个不会被史书纳入的

小人物，卓欲烹二人

将赴鼎镬

二人振衣，相顾言

"不同日生，乃同日烹"

莫 以

莫以人微而轻贱

莫当人命不可怜

君可知，东汉末

陈蕃、窦武谋诛中官正朝廷

力足，事若密

但举事，胜券稳握

但是啊，莫当人命不可怜

莫以人微而轻贱

谋时，冷酷语声误落入

一与世无争、谨守本分的典中书者耳中：

"此等人，就应全部收捕

杀掉，怎还用得着

拷掠审讯？"

渺小人儿一枚激起

转身寻告长乐五官史朱瑀

"宦官中放纵非法者，自然可杀。我辈

良善凄苦，却有何罪过？

而应被尽数族灭？"

朱瑀振臂作呼，"陈蕃、窦武

奏请太后废皇帝

行大逆之事！"

窦陈事遂败，尽诛，族。宦官

经此，益专权

汉颓势再难挽，渐成三国

屠宝石

风尘未必少英雄
有客有客屠宝石

昔为大贾时
京师满知交
门庭车似流水马如龙
获罪戍边日
亲朋一人无可托

彷徨无计中，一咬牙
所余家当全部，金万两
交相好青楼女保管
多年后，他侥幸，活了下来
视茫茫，步摇摇，回
青楼女微笑，为他庆祝
将万金交还，箱上封识积灰
她也老了几分

治乱别

治世之音安以乐，而可纳罕的
如尧这等大智慧者，治天下五十年
竟不能通过音乐与其他途径
判断自己努力的结果
是治世还是乱世
因为无人
认真和他探讨这个问题，没人
将他的问题当真
直至他微服游，听到一个孩童的歌唱
方大喜过望，心得慰藉
歌曲是这样的："立我烝民，莫匪尔极
不识不知，顺帝之则"①

当是时，盛产高士
野老多以为，日出而作
日落而息，帝力与自己的生活及快活无关
以致
尧欲禅天下于许由
许由洗耳，即如此，由之友巢父

———————

① 出自先秦佚名作者《康衢谣》。

尚鄙由不能隐形韬光，不复与之相见

又欲禅让于子州支父，被拒

帝位竟如烫手之芋

舜时，亦同，舜让天下

于善卷，善卷不受，藏深山

让于石户之农，石户之农

夫妻携子入海，终身不返

亦欲让于子州支父，仍不受

他们都以为

劳作、逍遥于宇宙之间，心意自得

是最大的乐趣

念及此，读林觉民《与妻书》

为华夏英雄，心下怆然

"吾至爱汝"①

"然遍地腥云，满街狼犬

称心快意，几家能彀"②

那些不堪回首的黑暗年代

总有志士为国舍生忘死忘爱

"为天下人谋永福也"③

——那，也是一生

_____

　　①②③　出自林觉民《与妻书》。

遵　行

吁嗟介子推！
"有龙于飞，周遍天下。
五蛇从之，为之丞辅。
龙反其乡，得其处所。
四蛇从之，得其露雨。"①
随重耳流亡十九年，某次饿困窘境
向农夫乞食，君臣反被其
举土块嘲谑，割股
救了重耳，无价忠诚与情义
后反被遗忘

三十多年前，晋北的一个
僻远小村，寒食节
每年，全天犹不可举火
不吃热食
为这一天的到来
我的母亲，和其他母亲一样
用心做足准备，巧手
捏就漂亮面鸟许多

① 出自先秦佚名作者《龙蛇歌》，传为介子推作，疑之。

蒸熟，点睛，上五彩色

用线串在一起

悬挂风干，这一天

所食者，唯这些

"寒燕儿"，所可饮者

唯冷水

孩童和母亲、父亲

未必知道两千六百余年前旧事

却虔心，用身内身外寒冷

遵行一个人不曾后悔的忠义与气骨

遵行另一个人的懊悔、愧疚与尊敬

平　衡

春秋无义战

五代无全臣

梁太祖，朱温

暴虐者，与天亦要做

意气之争

风沙起，大蔽日，朱温怒：

"天怒我

杀人少耶?"

再杀降卒三千人

以精壮人儿生命

惩戒自然

无知与施暴者嘴脸

可叹可恨

同可叹者

同日三千余人花式屠尽，独留一人

名贺瑰

"瑰感太祖不杀

誓以身自效"

后来他果然奋勇

为施暴者冲锋陷阵、出生入死

立功者多

竟至左龙虎统军、宣义军节度使

以荣耀而终

史事不可追，吾辈读书者

终好奇而不解，一个人

怎样在施虐与受虐间偏向臣服

怎样在

惧死、英勇、苟活求全、意态扬扬

卑躬屈膝、顺从、谄媚、从容之间

竟生成一种平衡

车 毂

因一棵树，因一棵树
是否适合做车毂
而杀人，应该是
真的发生过的
一本书，正史与别史混杂
行者正荷其锄，劳者正歌其事
朱全忠出游，憩于树下
做出一个判断："此树宜做车毂"
旁有游者数人，闻声观树，随声
附和："是的！是的！"
朱全忠却勃然怒："柳树
焉能做车毂！"
可怜这几个游者，片刻被扑杀
耐人寻味的，是朱全忠身旁僚佐
数十人闻朱言树，噤若寒蝉
而观朱怒，被驯化习以为常者
立时做了杀手

他人的丈夫、父亲、儿子
性命于另一个人，只作草芥
以供随心、随意消遣

善恶有报？因果哪有循环？

别史后，正史中

随即记载

朱全忠家庙间

生五色芝，上有紫烟笼罩

第一神主上，生五色衣

正史里的君王，得上天

赐祥瑞

骁勇善战，放大鱼生，不乏仁恻之心

直至年老，病将死，才被

迫不得已的儿子之一朱友珪

率人刺杀

戕害无数生命的一个人的一生

就这样，轻而易举地结束了

时间，过得好漫长

忠奸辨

陆容云，南宋苟安
未可专罪秦桧
由高宗所游报恩寺快活台遗址
所建之聚景园、玉津园，所食之宋五嫂鱼羹
推断：和议之根本，实源于高宗
非一概由桧
又记明英宗时王振事，振虽专权、误国
然约束内官外出
一变明中期宦官侵官扰民之积弊
是为一功

忠奸之辨
视其大端
善不掩奸
过不掩忠
原无足与先生辩

然而可怜，遭受"披麻拷"酷刑的
被撕去"尽忠报国"刺字的岳武穆
然而可怜
率百人，与金追兵竟能鏖战半日

使得赵构得身免南渡长江的

姓名不传的

招信尉壮士

哄砚记

崇祯末年，犹有难以计数手工名家

各秉绝技，各擅胜场

精于制玉、犀、扇、琴、梳

治金银、镶嵌、三弦子、砚台

他们仍可火中取栗

组合精致生活闲趣

纷乱已起，痴爱难易

张岱托友人秦一生

为其搜购佳砚，遇狱中大盗出璞石

秦一生，与张岱堂弟张燕客往观

燕客见石喜，指石言其劣

哄一生退去而己夜购

遂制流光溢彩之天砚，后一生与张岱知

张岱一笑，应燕客求而为此砚

作铭

转三趟地铁、一趟公交归回，读此

而愧，而羡

于古人，即如斯哄骗、隐瞒

也见热爱、雅趣与用心

足以傲视

我的快节奏、疲乏感

爱好泛滥不专与活得粗糙

"瘦马"记

母亲两年前
看一部剧
如痴如醉，当时不解其故
今一细观，前半部
的是佳作
日常处见奇崛
平淡间隐雷鸣
情节惊心动魄者多，阶层分明
家中奴仆，动辄可发卖
玉树般俊朗心腹小厮，说打死，就打死
庶妻庶女贱妾亦同，正妻即可随意处理
可驱逐，可卖入勾栏瓦肆，可打死

惯于人人平等的时代
已无法想象那般场景有过
而不可思议与残酷
正由我边追剧边阅读的《陶庵梦忆》
得到印证，三百多年前
张岱记，有欲买妾者
牙婆争带主人家去选购
她们吩咐"瘦马"们

"姑娘拜客"

"姑娘向上走"

"姑娘借手瞄瞄"

"姑娘瞄相公"

姑娘，只价比牛驴高

生　机

水过于繁盛

水四通八达

从光绪八年

从斜阳巷、欧阳巷、平安坊、僧街、九圣庙

从黑池巷、白鹿庵、兵营巷、山川坛、社稷坛

从每户人家门前屋后经过

现在，很多水

被强行挤出

水的空间，被填作大道

铺了柏油

而塘河

犹有水波浩淼入海

犹有白鹭群立、海鸥翔集

水是生机

赵构从星罗棋布式水路

经江心屿

逃至绍兴，建南宋

南宋末，文天祥

由星罗棋布水路，携小皇子

经江心屿

逃出生天

怪松吟

要怎样生，要怎样死
要怎样的命运，有时真的
没法选择
但是总可以
选择活着的方式
选择气骨、气节、气性
唐晚期，段成式的时代，树木与石头
已不像久远之前，会走路
走累了还会歇一歇，牛马猪狗鸡鸭飞鸟
会讲话，会互相高低行礼
但南康的一棵怪松，仍以这样的方式
表达自己的性情：
"从前刺史令画工写松
必数枝衰悴。后因一客与妓
环饮其下，经日松死"①
是的，距离神创世界
越来越远了，我们越来越相信
植物无心、江河无情，犹如
我们越来越不相信

———————

　　①　出自唐段成式《酉阳杂俎》。

决绝与傲骨，但是，真的
如果你真的去留意
人世间，遍布着这样的树

温州辞

王敦大怒："卿寿几何?"
郭璞答："命尽今日日中。"
精于卜筮之人死于非命
其间需合理甚至理想解释
后人总是这样，尽心
为曾有遗憾制造结局

制造，也缘于仰望、怀念与感恩
尽管，它们与当事之人再无关系

郭璞规划温州城
山似北斗，城似岭锁
山包城，寇不可入
法，象自然
凿二十八口水井，应二十八星宿
又开掘五个水池，五行之水
与瓯江通
瓯江，与海通
可供日常饮用，可防洪涝
可防敌人断水

前人智慧，可荫庇后人

北宋，方腊攻温州，围四十余日

攻不进，无可奈何，退

明嘉靖年间，倭寇

攻温州六次，无可奈何

攻不进

、

仙 去

还好，这是传说
或许并未在现实中发生过
缑氏县仙鹤观
常于九月初三夜
有一道士仙去
此观，非常人可入
非专心、明志、天姿高颖、精进修习之人
无资格入得，自律刻苦的
七十多人，每年
九月初三夜
净身，盛装，洁心，打开门户，望月
等待飞升的一刻
而事实上，所谓成仙消失的道者
都做了黑虎的口中食
虎穴中，发现了他们的
冠帔、鞋子和骨殖
还好，这只是纸上传言
未必构成一种
一边努力一边本是镜花水月的虚妄
未必构成
一种隐喻和另一种悲凉

还好，人世苦乐皆具，很多时候
我们的付出，终有所得

歉　意

查理一世，英国史上
唯一被处死的国王
他的罪名令人意想不到
"叛国罪"。他是否有难以饶恕的罪行？
现在很多人都已忘了
可以肯定的是，临刑时
他有超于常人的镇定
为避免严寒使身体发抖，查理一世
为自己要了两件衬衣，最后的演讲结束
他请求医生
取来他的睡帽，仿佛
要进入一场日常午睡，对刽子手
他满怀歉意："我的头发不碍事吧？"
无独有偶，波旁王朝最后一位王后
玛丽·安托瓦特，可怜的妇人
断头台上，踩到了刽子手的脚
她也满怀歉意，立刻说：
"真对不起，我不是有意的"
可以肯定的是，是非功过
时间都已陈说过了，而生死之际
无意间表露出的教养与温和

却如两道鞭子、两道电光
抽打着，因日常生活磨砺
因习以为常的粗俗与无奈而来的
日复一日的羞耻感

刘宗周

蕺山先生，刘公宗周
绍兴山阴人，相貌古朴
"在朝为官，三起三落。
官在顺途，不攀附权贵；
革职在野，不奉诿失节。"
这是一个人
顺从自己心意完成的一生
忠实于自我，不曾失去
为人的尊严。理想
而不易的一生
可纳罕处，是他生而如是
抑或是
某年某月某日，突地顿悟
一个人，该怎样活
——四十不惑，四十多矣，而如我者惑多
且多现实束缚
而突然艳羡
一个人，拥有
如此坦荡、从容的一生
如此举重若轻、云淡风轻的一生

"我买你"

胡蔓草

生桂林郡，邕、容二州间

可生花

花朵却总是形貌残缺

不起眼

却有变化莫测之毒性

猛烈，误食三日卒

也易解，知者

觅来白鹅血或鸭血

仰饮可活

而倘有人

一意求死

可与它交易

将生命中最珍贵之物

投给它

并蹲下来，和它认真沟通：

"我买你"

——因那断肠语

世间再无解药

传　说

"木囚"只是一种传说
造它，要烦琐工序
和取意象征的交感巫术：
斫来梧桐，选最好的部分
砍、削、琢，把精致的人形囚入
凿一坑，四周
堆放芦苇
将木囚置入其中
施以超妙法术
木囚便生出灵性
牵来疑犯
犯人有罪，木囚静卧
冤枉，木囚一跃而起
木质的脸
比犯人更激动，鼓舞手足
仿佛要放声大哭
仿佛，是自己
受了洗不清的冤屈

羿　歌

"嫦娥捣药无穷已

玉女投壶未肯休"①

嫦娥盗羿

历千难万阻才从西王母处求来之仙药

奔月，得不死

却未料，身化蟾蜍

后又化玉兔，需广寒宫、桂树下

捣药，需若西西弗斯

做无休止苦役

绝世英雄与美人的相遇

也已经不起

利益之诱引，失去长生与爱妻

羿终身不再娶

"怅然有丧，无以续之"②

而羿的伤心与悲剧

并未终结

其最亲厚弟子逢蒙，尽得其教

"思天下惟羿为愈己

---

① 出自李商隐《寄远》。
② 出自《淮南子·览冥训》。

于是杀羿"①

大约从羿始

后世许许多多的类似辜负上演

绝地通天的时代前后

人心，已不似上古了

---

① 出自《孟子·离娄下》。

殛鲧辞

"鲧何所营?
禹何所成?"①
天下共传禹之功绩
尊之为"大"
禹步、禹行、禹踪、禹迹
后世凡见大禹有关联地
均不由肃然起敬
光芒万丈的三过家门而不入的涂山
我去过,只是一方低矮山峰……

由鲧,当为古今失败英雄共一哭
鲧治洪水,九年不效
以是成天下共罪
殛于羽山,想当时人心之怨怒
方得纾解
至今,少有人
念起他
于天帝处盗息壤息石,当时曾舍命
奔波堙水,当时曾不舍

_____

① 出自屈原《天问》。

九年昼夜

"热照无所及"① 的黑暗之地

身死三载，躯体不腐，意念顽固不休

腹中终生禹，一可承其志治水之子

因他的失败，不会有人念起

一颗被唾弃、怪罪的心

从不曾，只为自己一人跳动

① 出自《墨子·尚贤中》。

禹　喊

也曾有过美妙的爱情
涂山氏美、热情
一见钟情于禹
一见而心不能忘，使妾候于涂山
阳光温煦处，并作歌
"候人兮猗！"
是歌，"实始作南音"①

禹行劳碌，三十始娶
也曾醉心于情爱之欢愉
"禹之力献功，降省下土方
焉得彼盎山女而
通之于台桑"②
是时也曾
情不可自制

也曾恩爱情笃，但情
不知所起，亦不知所终

———————

① 出自屈原《天问》。
② 出自《吕氏春秋·音初》。

辕辕山，禹化身为熊，通鸿水

这没什么可奇怪的

禹父鲧，形态之一种本就是黄能

况禹又生自殛三年之鲧腹中

遗憾的是，为天下奔波

他病偏枯，足跛，可痛悔的是

因足跛，跳石，误中

向妻子传递饷食信号的鼓

而涂山氏见其真身，惭，奔

至嵩山下，化为石

而禹一跛一跛追赶

知不可挽，喊

"归我子！"①

石破北方，生启

那一声呼喊

撕心裂肺

---

① 出自《淮南子》。

第二辑

是源头，亦是去处

左行草

"左行草，使人无情。"

无情的生活怎么过
是否能舍下这世间温暖
容我想想。
而有时想想过往
又真的想觅一株这样的草来

瞭敦瞭禺

瞭敦瞭禺

己形似蝉而子皆若虾

人获之

母即去就子

不是解救

而是比青蚨更壮烈的陪伴

母子煎出的味道

"辛而美"

是一种意态凛冽的

人间绝佳美味

春　日

我种花，他给树浇水

忽然
他咯咯笑着，趴在我背上
抱住了我

三岁多的柔软小身体
和无来由的善意
让整个世界瞬间柔软
让春日
多了一条去路

苍南夜月

苍茫的海上渔夫在夜读
涛声也在读他

山海间的
平衡打破的奇崛
奇崛组构的极致平衡
静美渔光曲的任一微细部分
所含的奥妙
都可让世间大师叹服

不辨面目的渔夫身处的
是古今通道
是出入宇宙的不二之门
是幽微秘径
是源头，亦是去处
被一道粼粼金黄和广袤黑暗
运送着

秘 药

离群索居的两个人
巴拉村的山腰间
老妇已龙钟
高大丈夫犹壮年

十五岁追随她
蜜意无衰减
挑水，耕地
日子过得平淡
华发渐生
终不厌倦
一张苍老的脸

都说这傈僳妇人
知晓"爱药"
配方之秘，收了那少年
做感情奴隶。秘方
不可人人皆得
山下居住的人
徒然，边指指点点

边生出对药物的

恒久的艳羡之心

通　道

时光的秘宝

想来无人可破解其中奥妙

那时幼，幼小人儿一枚

那时穷，老城尚在

鸽儿洞，高高低低

参差错落，土山上下，十万人家

那时人，欲求简单

劳作余，皆会到一家

名"杜三兰杂各店"的铺子

喝杂各，那时杂各铺

全城仅一家，那时店主

少子壮健，冬日裸膊

将一锅锅热气腾腾杂各，倾入大桶

顾客持钱等待，舀一碗

一元，加肉可五角、可一元

室外长条凳、残旧桌

寒风中吃一碗，唇间、齿间、喉间、肚腹间

皆留美妙味道，那时该有多少家母亲

想破解他家奇味，悄然

不懈揣摩，炼制辣椒油

而今旧城难再，高楼起

满城昔日之味觅不得

——呼啸着的时光呵！可还能

给予我一条通道

去那鸽儿洞底，杂各铺

走一遭

朱　鹮

朱鹮的出现
是凡俗生活的一种惊喜及洞穿
多少人穷尽一生
想要抵达朱鹮一样的人生：
它们在温暖浅塘中、绿草间
食虫鱼、振翅、昂首、理翎
硕大身躯，艳红宝石样头冠
偶尔腾于半空
便引来注目与赞叹
温饱无虞，现世安稳
不需料理天敌
寿长，鸟寿
三十余年
约等于人生
一百五十个年头
专情，一雄只配一雌
有他鹮侵入其间，二鸟
交颈，呈备极欢爱之态
使它羞赧退去
雌亡，雄不复他取
雄不存，雌亦孤独度过半生

不　再

未料想，有一天
身体会背叛故乡：回乡一周
额头泛起小颗粒
回京一天
额头光洁，咽痛
也渐好
六年，我一山西人
渐不嗜醋
不嗜面食，一朔州人
南街杂各、抿掬、莜面鱼鱼
土豆肉炖粉条、刀削面
渐只做一年饮食调剂
时时勾动肠腹馋虫之
销魂美物
不再。怎知
一种深处悲凉，起自何时
又
将止于何处

潮　汐

多年后我一直回想那轮月亮

一个奇观，傍晚的金黄圆月

磨盘大的月亮

石质的月亮，玉做的月亮

吴刚砍伐的月亮、博尔赫斯的月亮

清凉的月亮、温暖如一些脸庞的月亮

鬼斧神工才能造出的月亮

凡人永难描摹的犀牛与兰花的月亮

令我心醉神迷啊

跟随我盘旋上下的，在都市的公路与楼群间

宛若大山中隐现的月亮

我见过的

最宏大最美

惊心动魄的月亮

当时我一个人，开着车

驾驶新手

电台广播，女主持人恰好在讲这轮

共同的月亮

月圆时，交通事故

增多，仿佛潮汐充满引力

而我目光离不开那圆月
执迷于美，是可以真的
不顾危险的；而我不知道
真正的危险，多年后
才将来临

问　道

半脊冷汗

我开车，差点
与她相撞

惊魂未定的恼怒一瞥投向她
换回的
却是怯怯的、如羔羊一般的
温婉歉意，与明亮微笑

我的过错多于她的，我有
片刻的走神，过人行道，右转急

后来常常想起，却很是
为她难过
首先认错的
为什么
总是温驯的、善良的、相对弱小的

……像有些时候的自己。

莫　名

幽谷深深
鸣水溅溅

一路看见那人
盘桓而上
台阶盘桓而上
他一路摘了草叶、花朵
塞进嘴里

行为殊不可解
面容却有微戚

满山寂寂
莫知其因
满山苍翠
莫知其哀

舍不得

送母亲到车站
再通话时
她已在几百里外
不断晃荡的列车车厢里

"那两千块钱
我放在衣架上挂着的小包里"

给她零用的钱
她舍不得拿走

一边责备她
一边鼻子酸了

暗　袭

松花蛋肉肠有意想不到的韧性
新购德国刀，有未曾掌控的脾气

刀锋反弹了过来，指肚
立刻涌出一条血痕

并不疼
刀刃有着寻常同伴
难以比拟的锋利

这一刻，想起的却是
站立在远方厨房里的母亲
她和父亲，将我们养大
期间，要躲避多少
这样明晃晃的暗袭

返京记

想了很多天，狠下了心
决定：不让母亲
跟我们一起回北京

像是一场艰难的谈判
我条条陈述理由：
朔州是小城，当下
该返回大城市的多已返回
人流只出不进
与疫情莫测的大都市不同，更安全

母亲的焦灼则来自
我们身边，缺少做饭的人
她说她可以不出屋

你不出屋，但是我要上班
要乘公交地铁，你一样
不安全，年龄大的人，风险
更甚，况且你一定忍耐不住去集市

返京出门时，有些许

不敢看她的眼睛，兄弟俩
开七个多小时的车回北京的家
屋子的清冷与空荡，让我揪心
母亲，好像被遗弃了

甲氰咪胍

人世渐深

肉身沉重

四十岁，我几乎理解了

我看过而不解的万象

几乎理解了

那些面庞和身躯上呈现的

痛苦、温暖和欢喜。譬如现在，我胃疼

忽想起，三十多年前，六舅姥爷

清癯老者，脸上总有微笑浮现

现在，他依然颇有仙风道骨

是暖崖村中一个散淡的人，是乡间

一位高人，仿佛古时隐者

而使他神情变动的

唯有一次次，托我父亲从城里买来的

甲氰咪胍

他一次次热切地拜托

甲氰咪胍，甲氰咪胍

期盼和有时的失望

都仿佛仪式

甲氰咪胍片，又名西米替丁片

用于

消化性溃疡、胃溃疡、十二指肠溃疡及

消化道出血

现在，极常见

介休行逢张二棍、张常美兄弟

造物者之奇

造化之奇

不在孪生兄弟

面目肖似

他们尚能被辨别

也不奇在他们

都写诗，生命核心爱好同

更奇在

他们声带、唇齿、鼻腔间

发出一般无二的声音

响亮如钟处同，微细转音处同

方言同，语气同，蕴含情感同

神情亦似

尤在开心手舞足蹈倾身挥手时同

一个人的过分谦逊有礼

起身，拉开椅子，让座

也在另一个人的家教中

得到辨伪与证实。张壁古堡

昏暗地道中，一个人回头，打招呼

笑："不认识啦?"

尘世间，我竟分辨不出一个人
他究竟是谁

成语辞典

那些人定居于成语
曾被幼小的我们嘲笑：
怎么会有那么蠢笨的人哪
怎会有那样怪异的事哪
杞人忧天、惊弓之鸟、掩耳盗铃
杯弓蛇影、叶公好龙、疑心杀子
三人成虎、一傅众咻、持蠡测海
重作冯妇、进退首鼠、宠辱皆惊
求备一人、季札挂剑、三纸无驴
而可诧异处，将我们的过往的生活
条分缕析
我们竟成一部部辞典
昔时人，住在我们的身体里
借用我们，又活到了今天
也将活到将来
譬如昨日，"你离开我
你再不会得到智者的益处"
是谓野叟献曝
今天，痛定思痛
念及越来越远的理想

知渺茫仍前行

仍做起了移山的愚公

完　成

不能完成的事中
有一笔理想的好字
是其中一桩

然而有一天，远不能差强人意的字迹
条分缕析
无处可藏，于一位陌生老者
火眼金睛下：
你练过颜碑、欧体、柳体
唔，还有《灵飞经》

羞愧处在于，我做不好
却皆有来处，一件永做不好的事中
总留有纷乱的尾巴
羞愧处更在于，迄今为止
我并未真正，做好过一件事情

摩星山

树涛如怒

风如再大一分

人会被吹起，恰恰

是这从未增加的一分

让我们留在人间

自然把握着精准微妙的平衡

慈云极乐寺的住持净友那里

可能了解这平衡

进一步的奥义

我们拾级而上，经过八层金色宝塔

去找他

养花记

多年前，只喜绿色观叶植物
仿佛沾染姹紫嫣红气息
便有损男性阳刚

养过一些，养了多年
母亲来住了一年，有一日，我猛觉
她卧室，因植物多水汽弥漫
东向屋暗，体更易寒湿
因而弃养的一些
后常使我惭愧歉疚，而不悔

而近日，心血忽来潮
购了牵牛花、矮向日葵、百日红、四季海棠
购了飘香藤、玫瑰、石榴、月季、彩椒
长寿花、藤本月季、令箭荷花、凌霄花
斗南花卉市场，朋友送我三角梅，我送她
绣球与金枝玉叶
两棵三角梅，从昆明，珍而重之
拎上飞机带回

仿佛是，厌倦了

只奋斗、求索
不开花结果的生活
要用它们
弥补粗枝大叶的命运

又着迷于法师，买来了
荷兰玫瑰、荷兰圆叶、红覆轮
绿羊绒、万圣节红心、香馥
红铜壶、黑法师、黑萝莉、巫毒法师
赤霞飞、欧紫缀、美杜莎、梅花珀迪
原始翡翠冰缀、火玫瑰缀、韩版朵朵缀、万圣节碗碗
买了蛭石、赤玉土、绿沸石、珍珠岩、火山石、通用土
一趟趟往返，运上楼
调配，为它们上最合适的盆

喜欢它们的色彩与姿态的
千变万化，尘世化身无尽
或许也喜欢，它们本身
就是花朵，就是果实
因为，它们不干渴

上下楼时，总看到四楼邻居
养在楼道、脸盆里的一棵苗
它总是很渴，总是弯腰
我总是

想给它一些水，也只是

想想，昨日

它被折断

想是主人，对它彻底厌倦了

植物谈

因我的突然
痴迷多肉法师，那无穷形态
玩物丧志，走火入魔
插花能手张战
讲起了日本进口吊钟
那"叶界的爱马仕"
她养了一枝，勤换水
多修剪，保主干
无根的一枝，竟然活了
一年余，还不停萌发新叶

也讲到，为了寻找中意的鸡冠花
做插花
驱车三百公里，至衡山后山

最善良的人，讲到惊人发现
对植物越狠
它们日后长得越好
非必要枝、干、叶剪去
植物形态会更美丽
生命力更旺盛

忽有片刻出神
植物与人同不同

植物未辞迎修剪
人若遭过度剪伐可奈何

桃花传说

她说她叫桃花
未曾说出自己
早夭，或者已是一名老妪

她居此地已二百余年
此地，名平冈
曾有她的小屋、山后溪、青石板
有她的墓地，斗转星移，墓地
被高楼压住
栉风沐雨，再回不去自己的家

一说，她是笨鬼
二百年，不曾学会飞行
寺庙放食，她抢不过其他同类
一说，庙墙之灵
不允许她进入，因她未曾皈依

她要皈依
她终于在墙外，艰难附上
一名与家人吵架情绪低落的居士身
她熟悉当地事

其他高僧欲为她行皈依仪
她不肯，指名求见平兴寺界诠大师
界诠大师，持戒精严
修为高深

终是传说，子不语类，而传说
使我悲怆，人生有时辛苦
死后亦不能化大千世界中无知觉微尘
不入轮回如她，桃花花朵一样
犹须为果腹、寻找居所跌蹭奔波

围　困

花坡直上天际
漫山小野花，风中怒摇
美得不似
在人间

绵山山脉
大山几亿座
绵者，绵延不绝
层层云岚，绵延不绝
森林无尽，绵延不绝

沁水源头，静坐半日
可纳原始伟力
可悟天地至道

江山如画
不容外敌丝毫亵渎

1942 年，沁源八万军民
撤入深山
留给日军一座座残破空城

一针一线，都不留下

门板拆下劈开

水井粪土填平

带不走的牲畜、鸡鸭

推入粪坑淹死

撤退，不是投降

而是盛大围困

1945 年，驻沁源日军

狼狈撤离

早于日天皇无条件投降两月余

两年半间，沁之源

无一人成叛徒

无一人加入维持会

十亿大山中

所带粮食，很快

便吃尽了，人们

采野果，食野菜，吃叶子，啃树皮

饮冷水

邈远深林里，有时隐约

传出婴儿坠地呱呱哭声

苍南，无名山

他家依山，山如黛螺
他家傍海，一望无涯
见舳舻相继、岛屿绵延
因为所处的大，他有了小心思
山下的小路通向他家
他的房子，留出一小间
供奉菩萨
收取香火钱
小屋里供奉的那一排小菩萨
面目陌生，来历模糊
而皆正襟危坐
菩萨之外，空间的设计
通俗、人性化
功德箱边，放三张木椅
拜完菩萨后，香客
可以和菩萨
挨挨挤挤地坐一会

山 间

浑然巨块，如一柄柄斧，劈开混沌
仰望，我们沉重肉身
仅似泛起的尘埃

独处的天门山，负手傲立
绝世的武林高手，隐于西南
并不屑于与中原比肩

信智村的神仙

穿过半个大海

到达一座风浪摇晃的斜坡

我们爬上高高的柿子树

采摘鲜红果实

树旁,信智村石屋住着的四个老人

毫不介意

他们只是

摇摇手:"涩。"

他们拉出一筐柚子

杀半筐清凉与甘美

中和我们的冒失、无知和苦涩,他们用斧头

砍半爿野猪肉

要送给我们

山腰"咯咯"鸣叫的鸡们

也要送给我们

白云在天,也在他们身畔流动

他们的笑容让我们知道

他们过的是神仙的日子

脸　面

苍南多奇山。碗窑古村
此地，叠嶂重峦
仿佛无尽，山中
太奢侈，八百年
户户绿意葱茏，家家
流水环绕，太奢侈
处处鸣珠响佩
太奢侈
一架瀑布，悬于
另一架之上，这一架
又悬于另一架之上
奢侈极了，无数水的清澈的布匹
来做无穷的脸面

山　腹

沿着山腹
去寻找金沙江

和重聚又将别离的兄弟
他满身伤痕
却有不去舔舐的淡然

交谈是无形的闪电
和隆隆的雷声。不管了
不管江水发出的是什么声音
不管了
其他兄弟的呼唤与追寻

我们在公路旁坐了下来
山间明月与空气迷人，七八颗星星
弯成斗形，真迷人啊
一穹隆笼罩而下的星月，真迷人啊
那天地间的冷冷薄纱

六悦博物馆

这个名字令我心生欢喜
我多想得到：
六悦，悦耳鼻舌身心意

尘世苦重，收藏家杜维明
二十多岁起，收集
中国老物件，他认为
时光里存留的
鲜艳、灿烂、柔和、大度、舒缓
可以扶正四大皆苦之味

并不追求久远，只求每件精致、入微
令人顿生欢喜
石窟雕像、木刻雕像、木窗、筷筒、中药屉箱
嫁妆箱、家堂、藻井、人轿、神轿、床
门神，可以是穆桂英
可以是非洲黑人

藏品四万件，围于场地
六万余件放置于库房
收藏家值得遥遥一礼

他让每个人

都可以获得

至少一小时的欢愉

安装记

我期待对自己的生活

可以无为而治、顺应自然

但总是需纠偏

或校正，不管

是对一件事，还是自己

譬如昨日，我愿意相信

越来越好的销售规则

越来越规范的责任

人所共有的善良与无间距

愿意放心

给出一个周日

足够信任的空间

但是，浴室柜拆旧与装新时

忽发觉，商家将抽拉龙头

发成了不可抽动龙头

约了数次、十余天的

正规公司安装师傅

欺我外表和善，进门便嚷嚷

需加钱，打孔尺寸量错

欺我不好意思开口，将原有马桶刷架向上倾斜

45度角，将再放不进的马桶刷

置于地上，将新的浴室柜硬生生于架旁
墩下，并作若无其事样
——怎能不纠偏啊，暴露我的
多事、锱铢必较与冷心肠
我仿佛，在还需努力达成的
等待与校正中
得到了原不想获得的丰富
苦乐与共的生活啊，仍然有时
就这样消磨一个力图散漫的人
而我，竟还有着
审视、纠正的耐心与长力

菠菜歌

你送来的小叶菠菜
我吃了。
它们是无罪的。

它们碧绿、稚嫩
在盘中
激不起任何食欲
却是，不容衰败的自然之物

雾中那色峰海

不能相见的山峰
是最好的山峰，那么多的山峰
一座山峰的海洋
不能相见
从此两相亏欠
是最好的；人间广阔
命运之路万千
心间多一些惦念
也是好的
大雾茫茫，我们在山中
肆意欢笑
相见而不相近
而下山
又将分别
不辨当时面目

长　安

木窗外依旧
辉煌灯火，沸腾人声
而特意来寻的老孙家羊肉泡馍不复
去年之味，麻酱凉皮
几酸不可食

轻轻叹息，投箸
出门
要直接回宾馆
又转身
融入那喧闹人流
春夜的微凉
需用温热之物来提升

景迈山顶的真理

满天的星斗啊
我已近三十年未见过

密密麻麻的芝麻般星球的转动啊
我这半生未曾听闻

穷尽我一生之力，也数不清
那么璀璨啊，那样难以磨损
它们的隆隆的运转
每日在身边我竟不觉

高高景迈山顶，我在如痴如狂的
久久站立中
几乎要沉醉落泪

喜悦，与微微的绝望
——都来源于
世间原有
难以穷尽、不可测度的
神秘与真理

景迈一夜

清晨醒来，推门，脚下白茫茫
缥缈仙境
怒山余脉，横断山峰间
镶三道安静彩边
昨夜锅庄旁，我们坐拥松明烟火
饮酒放歌
而后见得满天璀璨星斗
自惭形秽于
日日运行于头顶
而不被我们看见的
永久，与不可测度的真理
而后在山腰，一粒微尘，沉沉睡去了
做了一夜的梦
梦中人，被选中
做了小寨的新郎，而新娘
却忽换作
一个丑陋少女，施展幻术
她让所有人，都以她为真
她的表情难以捉摸
我不是明天我无法到达的
挂满牛头的西盟神秘山谷的

络腮胡子的祭品，却被芒景古寨的精灵

玩弄于方寸之地

悲欢不动声色地展开

我有起伏跌宕的命运

却睡得安稳

选　择

主持者问：地震来临时
如只可带两样东西
你将选择什么

回答者众：离门最近的两样
衣服与手机
钱包与手机
爱人与食物
还拥有手机，可支付，可呼救
缺少了爱人，生命将不再成立

相对于崇高与现实，我的答案
赦于出口
我选了鞋和衣服
大地震颤倾斜的一刻
我想体面地活着

三　枚

惊诧于不远处
两个同行的八九岁男孩
其中一个，忽然
在院门外、青砖上
跪下，磕几个响头

从曾夜夜笙歌光烛霄汉的
赵武灵王台
走下，靠近去看：
七贤祠，供奉的是
韩厥、程婴、公孙杵臼
廉颇、蔺相如、赵奢、李牧
祠简陋，像亦简
而此处
人间心脏七枚
三枚最重
确值得
一个小身子，不由分说的一拜

第三辑

一座金碧辉煌的孤岛，和一座金碧辉煌的宫殿

星　辰

从老太太家出来
三星在户。
她的大半生
也不能给
使我困惑的善恶因果
人间命运
一个参照

树梢上无数星辰
无数盘
浩大棋局
此夜，作铮铮
与铿锵声
如干戈鸣

土豆丝和茄子

一个男人和一个女人的故事
重点在于：它是
一盘土豆丝和一盘茄子的故事

"没有我，你能吃到
茄子和土豆丝？"
他炫耀他的恩赐
她转身，打包行李
寄回老家

她的姐姐，影院里看《黄金时代》
忽然大哭："萧红过的是什么日子
我妹妹，过的就是什么日子"

萧红嫁了萧军，她嫁的
是一个上海老男人，一起
过了三年

暴风雨之夜

一个女人给郑衍双带来了酒
只说是他的仰慕者。
一群人中,她只倾听
将要告别时,才忽然说起
她曾经的男友
曾天天跟郑衍双在一起
郑衍双恍然忽悟,他们
是见过一次的,哦,不,不止一次
是两次,哦,不,可能是三次
她的男友立敏,爱诗歌
性温雅,鲸饮后
却会变成一头野兽
他们三人最后一次相聚,是一个暴风雨之夜
在郑衍双与袁锋合开的酒吧
横行边陲小镇的
无知少年小流氓岁月终结后
郑衍双二人开了酒吧,却硬生生
自己将它喝垮:朋友来,一挥手
不收钱,投的本钱,都折进去了
恰好,一文不剩。暴风雨之夜
恰好,是酒吧关闭的前夜

四人一起喝酒，三人继续

一贯的纵情叫嚷高歌

后来忧郁而深情的女人躲出去了

先行离开

那也是，郑衍双最后一次见到立敏的夜晚

郑衍双的朋友，让一个女人眼睛里

藏装了太多年的立敏，不久

便去世了

郑衍双回忆起，那个雨夜，真壮观啊

炸雷一个个头顶轰响，贯通天地的银质龙蛇

不时在酒吧上空裂开

酒吧里所有灯全开，所有灯全开

灯火辉煌，宛若宏大的交响乐

宛如一座金碧辉煌的孤岛

宛如一座热闹非凡的宫殿

海岬间

潮声走了又回
我们在粉红纸片上写下心愿
把它们封入漂流瓶
海洋翕张着巨大的自然之力
天地间仿佛矗立着
圆柱形的坚固意志
仿佛看到：宇宙间的愿望
大同小异，自古未曾变过

有人兴奋大叫，在高处，率先
把瓶子扔入浩淼大海

——别，别去打扰
长栏转角，那位
刚被淹死的七岁孩子的
父亲，别试图
窥视他写下了什么

晓峰岭

草木葱茏，海水幽静

浑不闻八十年前风声
不见当年炮火印迹
此处，鸦片战争
三位总兵同一日慷慨战死

此日前，浙江总督余步云
拒派援兵，愤怒抛出
一纸批复：
"小题何须大作！
抑故意夸大其词，
为他日论功乎！"

两年后，不战而逃的
太子太保余步云
始被斩首、弃市
其年，已六十九岁

界　限

"抗联从此过，子孙不断头"
皑皑白雪黑山丛中
陈瀚章，让被日军胁迫而来
劝降的父亲，脱下棉袄
挂上枝头，开枪
射它
以深黑弹孔告诉众人
再来劝降者，杀
无赦，他让汗颜惶惧的父亲
转告
妻邹氏，改嫁
一副如山巅皑皑白色的冷心肠中
蕴含着深情
有情，与无情
在大地上
界限总是这样模糊

后英庙

嚯，壮士！
明，嘉靖十四年
樵夫陈后英
半山间瞥见
倭寇
人含草马衔枚
来犯
舍生取义的卑微人，吩咐同伴
回城中报信
而自己，山隘口垒石塞路
待群儿至，一声怒喝
持斧，长身暴起

蒲城人为他建
后英庙，庙小
而坚牢
五百年间
感恩，和牺牲
一样，同是人间难得的情义

拥 有

有道是：正常人眼睛
极敏锐，坐山顶
夜晚，独坐，遥望
可看到
八万米以外
一根火柴燃烧的光亮

我拥有过
这样的正常吗？但我可以肯定
我心灵的视力
到达过八万米之外的地方

最令我难忘的黑夜的灯火
是很多年前
从三峡离开看到的
盘旋退去、不断推后的
大团大团浓墨
不尽的孤单与温暖兼具的灯火
仿佛，在人类离开家园时
高高的、最后的回望中

愁　城

——陈百强

青年丰神，长身，如玉树
不轻浮
台上奇妙步伐舞态
使人目瞪口呆至神迷
一首《不》
字字却似谶语

"不愿生根
怕留脚印
……
你不需要
亦不必要
愁城坐困为我等"

他可迷倒不同时代
万千少女，不同时代
却独钟情一人

她也迷醉，一生中
笑得最多的辰光，台下

目光甜蜜，如胶似漆
含着少女羞涩，笑靥如花

他终先为情这一座愁城所困
以酒送服安眠药，昏迷
逐渐性脑衰竭而亡

她已为人妻，却不管不顾
几乎日日去看望他
为他扶柩

曲中人

——梅艳芳

二十年后，粉丝犹留言
"梅姐，你就舍得
抛下我们"
是一断肠语

犹记得，最后一次演唱会
你满头虚汗，神疲少力
白色婚纱、纸尿裤，三小时
去十数次卫生间
身子抖颤，声音抖颤，唇齿战战
仍保持笑容

何等样生命
绝代风华，烈焰红唇
却终似烟火灿烂而短暂

何等样精神力
在这多情又薄情的人世间
微笑，不发出一声抱怨

"俗世渺渺

天意茫茫"

女人花，渴望

"三餐一宿，也共一双"的平凡幸运

而不得

世中人，永惧怕一种只开花

不结果的命运

当年不知词中意

再顾才识曲内人

执　着

张国荣："我一生人无做坏事
为何会这样???"

犹执着
于宗教因果律、民间观念
而此因果总非彼因果
并不能挪来
作善良人的救命草

而遵循善，完成每个
微小细节，使我们
微笑愉悦、幸福、心有力量
总觉得
在某些艰难时刻
将被命运之神扶助

如若说书人们还在
良善、曾勇武且存敬畏者的
精魂，将全部长存于世
或者还将庇佑后人
保护细小的因果和长河

期冀多美好啊

而这些与他们无关，他们只管

沉沉睡去了

续 断

一

蒋家正门
与大堰河的三间白墙小屋
侧门，斜斜相对
相距，约一百五十米

极尽阔绰的宅院
深深，一层厢房
南北各五间，开间
各两间，二楼凭窗
可越过大堰河家，看黛色远山
太师椅、梳妆台
植物高于天井
金丝绣于缎面
窗上，雕二十四孝图

"我做了生我的父母家里的新客了!"
一切皆陌生，忸怩不安的孩子
已五岁

二

每次回乡，艾青
都要去看看他的樟树娘
他要去摸摸她
——他克父母
父母让他认樟树做了娘

他不再以蒋作姓
他的儿女
都姓艾

世间恩义
有续有断

轻　重

没有秘密的人是不幸福的
秘密太多的人是
痛苦的
怎样界定太多
与太少？不幸福的人
给自己重压，痛苦的人
不愿被他人看见

而事实上
一座泰山也只相当于
一页纸，片言即可说尽
那些半生之重
在精密运转的宇宙之中
在轮回前进的浩瀚命运中
是多么轻啊
它们被轻易收纳

交出与识得

夏日炎炎

忽忆起，"神狂诛草寇

道昧放心猿"

而后孙悟空

跳入东海洗浴

要洗去一身杀气、躁气

去见师父

"八戒始识真心"

许多寒暑，九九八十一难将终

朝夕相处的一个人，才识得

另一个人真心

——识得

与交出，同样

多艰难啊，在这越来越热的季节

在这

小说世界与现实世间

不断轮回的空间

导游人

村庄外，不远处，汾河急湍湍
绕过，是为黄河
主要支流；村庄内
井名"大禹"，传为大禹率人所掘
"打开灵石口
空出晋阳湖"，灵石打开
晋阳湖水外排，太原盆地才得空出
南庄，是其间必经地
想大禹曾至非虚语

惜字箱，惜者
敬惜，存放
街道捡来的
其上有字的纸
纸有字，方可入
纸有字，即不可随意处置，要集中
拿至一地，焚化，过程
如仪式，焚有字纸，名去声之"jiao"
字典中无此字

村中房屋，拐弯抹角

均向内凹，懂谦和

需退让

让人一步，海阔天空

鲁班锁，鲁班发明

房明三暗五，庭前甜瓜石

寓意生命甜美，庭中四十五岁龟

村中心另有"志石"

练武用，石礅，有抓手

年轻人提举

二百四十斤者，老师傅提举

三百六十斤

有一户人家，曾接过圣旨

门前三台阶，谓"连升三级"

破旧小院门槛上，另加一条石

是谓常人艳羡之"高门槛"

门外一竖石，雕一潦草开口露齿狮

狮不可开口，开口者

了不得啊，露出牙齿

便要吃人，像古时权势

——样貌拙朴的老人，操一口传承自先辈的方言

导游人张老，毫无疑问

是龙凤镇南庄村传下的一道圣旨

他必定真的从时间长河久远处来
否则，他口吐的
怎么都是古来生活本质奥义
所秉的，为何都是返璞归真纶音
平静、丰富的古国度缩影
坐落在他慢条斯理的、有的字眼
未必为外地人尽懂的解说中

郁达夫故居

庭院里生长着
含笑、枇杷、大叶麦冬、樱花、棕榈
鱼腥草、兰花、茶花、香泡、南天竺
很多治病救人的药草

一口井，墨色西南隅，映照过
他孩童时的明亮眸子
幽深的，神秘的

母亲的卧室，油灯下
奔波操劳余，她拨动算盘，一次次
核算账目

佣人翠花，没有可安卧处
夜间，睡于米柜上

门楣四个遒劲大字："南极星晖"
这座庭院的气息
一定和苏门答腊的一处住地相似
有一天，他走出这样的两扇门

就此消隐不见，而第二日

他的遗腹子，呱呱落地

怜　惜

1921 年建的三毛祖居

小沙镇，庙桥陈家 56 号

1989 年，三毛回来过

正屋五间，深红木建主体

青瓦，白墙边

陈列三毛遗物及旧照

其中一张，三毛在尼泊尔

山民家中讨水喝

抱起一只刚出生的羊羔

她坐着，把柔软小身体

紧紧搂入怀中

爱怜之至的女子，像抱紧幼子的

侧着脸的母亲

发出又欢乐又疼惜的声音，类似呻吟

三个山民站在她身后，彩虹光晕浮现

彩虹光晕浮现

像人世的爱

要把这怜惜且疼的女子

护佑起来

拉祜拉祜

眉宇间呈现虎纹的拉祜老人

讲述族名由来：

"拉，是老虎；祜，烤煳啦"

打到了大老虎

烤煳啦！

事件里包含了得意、惊叫和幽默

它们在并不流利的汉语中

绘形绘声

在老人的生动眉目间

一只大老虎，又一只大老虎

被父亲和叔父

攒蹄，抬进村庄

"拉祜族，是快乐的民族！"

这一说法，得到诸多佐证

拉祜族男女，每周五天

到山上，钻茅屋，栉风沐雨，耕作

其余两天，回到寨子

唱歌跳舞

饮酒作乐

尘世烦忧与他们无关

他们献给外乡人

天籁般和声，和原始的快乐
学步刚结束的孩子挎着小吉他
也加入他们
一个皮肤黎黑的中年汉子
前俯后仰
跳得最是尽情
我们刚进入老达保时
他挎着吉他喊：
"拉祜拉祜!
我们是快乐的拉祜人
开心得挡不住
不开心了不行!"

躲　藏

月光白白的，一定在梦中
有寓意，对应现实
而造梦者无法知晓
两个美好少女
做了隐秘约定
其中一位
却远走，嫁为人妇
饱尝人间苦乐
留下的那位
一直在原地等，后来
变成一缕霞光
霞光辉耀，如追凶
转山人们，忽发出
惊呼，面前忽现祭坛
那负约妇人尸身横陈
而那霞光，并不
就此罢手
它追击每一个人
月光照不到的地方
它能照亮
被它照亮的地方

弥散着神秘的力量
做梦的男子，无处躲藏
在山腰，石后
发出一声哀嗥

刘戈说迁徙

星夜快

没钱寄信，怎么办？
走回去，把小家安然抵达的消息
报告大家

你看啊，一条大汉，太爷爷
踏山岭过大河穿小路
餐风饮露
又走六七天
推开那熟悉山间小屋门
道一声："我们到铁岭了!"
便匆匆转身，又从本溪折返

星夜快啊
那时，身体壮，不值钱

流浪儿

用粉笔
在水泥地上
画一个妈妈

然后蜷缩在她的肚腹中睡去，像
依偎着她
也像仍然在她体内
舍不得出生

简笔画的妈妈
那么大
她有漂亮长发、蝴蝶结
有向日葵一样的圆脸庞
和弯弯笑眼

布朗山

云雾在山顶
云雾在山腰
云雾在山脚

绿树在山顶
梯田在山腰
人家在山脚

人家在山腰
鸡鸣狗吠在山顶

神，在云雾中上下穿行
混居在高高低低的村落中

人间
使他们不舍

宣　告

他该是宣告
北京，我来了

2016 年，他的火车票
一直在通 38 路车
一张椅背上运行
他该是
一点点
将车票塞入
透明塑料板与椅背间

车票信息：梧州—北京
2015 年 9 月 20 日
05 无座
票价：251 元
王志明，1992 年生

春　水

湖水柔软

春水碧，也暖和
那夜，却被一个少女的身子染污了

野鸭和鸳鸯
未知人间忧愁
照旧年年飞来，荡漾着
不停和湖畔散步谈笑的人们
变换着距离

云　响

很多乞讨者
是骗子
他不是

实在没有路了
终于要屈服了

他咬咬牙，闭眼
跪了下去

男儿膝下有黄金，屈从命运的一跪
多么艰难

白云在蓝天上
有碰撞出的，好听的叮当的响

双柏记

一

哀牢，一个妖娆的古国
对，妖娆
出土刀具与其他器物
皆装饰华美
多作弯月状
雷平阳
如是说

哀牢腹地，查姆源头
抵达安龙堡的那夜
篮球场，我们围成一圈
拍手，踏足
跳起大娱乐

金黄弯月，随我们走
敲一敲
会发出清脆响声

二

佳人，宜居幽谷
李方村，山林深处
三五树马缨花
如瀑
花大如碗
深红浅粉

惊世骇俗的美
不可现于世人眼前

三

门，真不闭户
无房卡，无钥匙
老板娘有安静的笑脸
"这里，家家户户
都不上锁
从不丢东西的"

彝人宾馆
在斜坡上
风声呼呼撞来

临睡前，这些外乡人
反锁房门

吧嗒，一声声传递开来的轻响
像一声声狐疑
也像
莫名的羞愧

四

说起很多很多年前，远方深山
大蟒

猎蟒者将一种藤蔓
弯成圆圈
套于蟒颈
大蟒即任由摆布

生生相克之理
难以解答

大蟒性温驯，不伤人
情忠贞
有一雄处
必有一雌

席间酒杯迅速变冷

五

毕摩来自哪里？
有人说，是
人鬼神交通的世界
他可以轻易看透
你的所思所想

毕摩不这样想，他只想表述
但他说话含混不清
坐小凳上面对他的人们
也只能隐约听到
他没多上过学
无奈传承了老父衣钵
听到
世代敬奉的创世经书《查姆》
名称由来
查，人；姆，做
查姆，即做人

六

爱尼山的一面山坡
有会飞上树睡觉的鸡
有可将米饭染成五色的鲜草
两面针挂着果
刺五加绽多彩花

茯苓、重楼
三七、续断
想从哪里长出
就从哪里长出
包一些山地种药材吧
一亩十五元，几年后
成富翁，爱尼山乡长说得认真

七

舌可舔舐滚烫铁犁
脚也可踩踏其上

祭天地经　一章
祭龙笙
老虎笙

孔武之舞献予

开辟天地

身化山川日月

护佑万民的虎神

一章留着

祭祖祭人

先祖在歧路凄凄惨惨

母亲抱婴孩且行且歇

这时天空现出指路经

毕摩们诵经声龙吟般响起时

有人泪流满面

指路经飘扬时

有人内心凄怆

却找到了方向

八

众皆迷醉

"从来没听过

这么迷人的乐声!"

安龙堡那夜,七十五岁老人

拨动仅此地有的四弦，舞姿安定而轻灵

乐声入耳、入心、入神
继而洗耳、洗心、荡神

我们跟着那老人
且歌那旋律
且拍手踏足，那清癯老人
转身时轻灵，如小清风

后来，人越来越多
后来，没人发现
老人没入了那月亮
没人发现
我们在跟随一弯月亮跳舞

那群山中间的月亮，发出的
是完美的谜之音

第四辑

我们在跟随一弯月亮跳舞

大云之上

花在云上，水在云上
望不到边的薰衣草田在云上
欧石竹在云上，粉红矮身康乃馨在云上
路易斯安娜鸢尾在云上
光谱、铁线莲、蓝香芥在云上
人在云上，到此的人
被香味的海洋，宠到了云端

甜蜜的巧克力小镇
在云上，甜蜜的由来
是一个凡人可望不可即的童话：
男孩出国留学
追求一个女孩子
女孩爱吃各种巧克力
他说——那我就为你开一个巧克力工厂
歌斐诵巧克力工厂，于是从此
源源不断地为人间制造
云端的甜蜜

海洋牧场

船驶过海面
仿佛耕云

我们在舱内
意气扬扬，指点
天地，仿佛本就是
万物主人，大海本就是我们牧场

捕捞上的
鮟鱇，那模样丑怪大鱼
白色肚腹，被许多小蟹夹着
小章鱼触角缠绕皮皮虾
小枚红，艳丽小鱼
嘴上缀富贵虾，尾间垂石蟹

它们不像猪，不像牛，不像羊
我们不曾饲养过它们
然而，不一会
它们就被烹煮好

它们真的鲜美

我们嬉笑着，品评它们

加　深

飞机向西七小时

山河如米粒
公路成丝线

我们的颠簸的人间的罪
多么微不足道
宇宙间的辽阔，可以赦免它们；
我们的人间的爱
又是多么重要
不见人烟的阒寂，加深了它们

秋　日

夏天过去了
我们走在大街上
看彼此。
都是昨晚水洗过的洁净的身体
无辜的肉身们
走动着
等待着天地规则的
一点点奖励，一点点光芒
或审判

盗　贼

盗贼在我的家乡

锯开防盗栏

跳进窗内

经过

我熟睡的年迈父母

头顶

逡巡一圈

离开

两手空空的

离开

是一种幸运

也是一种对远方儿子的

讥讽

是一种

不时涌起的酸痛

一个人的小传

一个人，一生

似乎从无胜迹

甚至仿佛，从无痕迹

小学上课，被做乡村教师的父亲

咬牙切齿

从身后一脚脚狠踢

一个人的身体所能发出的巨响

使远远旁观的我，听得心惊

初中毕业，游手好闲

做了小贼

入狱两年

清明给祖父烧纸

大风过

烧了数座山峰草木

这罪，哥哥替他背了

跑运输，他跟车

大卡刹车失灵

斜对冲一辆三轮急转

乘客空中画一高高弧线

他父亲被从此解不开的仇家

撕扯得头发散乱，面多爪痕

他父亲，微薄月薪

都用来还债

终于娶妻，踏实下来

却出了车祸

以命还命

——他绝情地，彻底远离父母妻女

那清秀小女儿，从一岁多

糊里糊涂地孤单长大

有时我会想起他

哦，长我几岁的亲人

哦，有时想想，我会难过

望向我时

他的眼神，有着真切炽热的

亲人的善意

原　谅

一个人在伤害、侵害
另一个人时
并没有想
他是他母亲的儿子
他是一位母亲的全部
——这是不可原谅的。

公　案

屋子仍旧凌乱，多年前
一位同学与我辩论的
"一屋不扫，何以扫天下"
一桩无来由公案，孰非
孰是
迄今，仍无答案
可唏嘘处，算来
他也四十岁已过
断绝了联系，也不知他
现在过得怎样
而我们当时，青春年少
胸怀凌云壮志

坠　饰

飞机将要降落

一座白银的城池浮现

之后，又接近一座黄金的城池

目力长久沉于黑暗之后

白银给人温暖

而越靠近那黄金

越见金碧辉煌

越觉心慌

我这一生，可能也

走不出它的一个角落

半生，可能也

无法购买

那辉煌中的一星灯火

平安夜的红色弯月

真美，它浮在璀璨之极的城池上

又摇摇晃晃

沉落下去

像是一枚坠饰

走　回

小屋杂乱而拥挤
一灯昏黄如豆
而你觉得
一切是温暖的。
多年后，你说：
"最快乐的事，就是在你的小屋里
等你
下自习回来。快乐
就是那么简单。"

嗯，不能逆着时光走回
我辜负了你。

晚　读

王尔德：生活
是世上最罕见的事，大多数人
只是存在，仅此而已。

　　——岂不知，有人，用尽力气
　　追求的，只是存在，与平淡幸福

穆旦：我的全部努力
不过完成了普通的生活

　　——倾我一生心
　　为做寻常人

棒　喝

"汝今能持否?"
童年最喜欢的电影
《少林寺》中的禅师问

禅师在高处,像另一个自己

这些年,他竟时时问
有次我提壶
浇花,阳台间
他猝然于头顶出现
当头一问,是棒喝

时时答:能持
有时犹豫,还这样答
力不从心时,也这样答

需持何? 有时模糊
有时确定,有时
是这人间的一切

"须菩提，于意云何?"

时间，一天天过去了

多不能

大罗山石奇秀，肥瘦弧线
青青白白。拾级
经观音庵
穿宝岩寺
转化成洞
我们去看
金蕊茶花
它比我们年长
一千一百岁

径旁杨梅
红红青青，伴我们
直上，一树树
随处会冒出的宝石
随手可摘来
而山巅，吃了一路
又握满手掌的酸甜美味
忽令人生出惆怅：
世间好物
分享给亲人，多不能

驿丞引

白云在天
也在山水中，水
或为涧，或为溪
或为瀑，明净宝镜一样
水在石上，石在葱郁碧绿间
树屋在右，驿丞
藏身于我们看不见的
一幢幢高高树屋内
他在读史
有时吟诵自己的诗

有一人
上山时放歌
下山时放歌
仿佛樵夫
歌声盘旋
悠长
应和高山的曲度

有一只长尾翠色小鸟
一定和隐身水云间的山神有关

它那么柔软

那样温驯、善良

我们累了，上不得山巅

我们在石上坐了多久

它就在瀑布边

跳跳歇歇

陪了我们多久

漠河歌声

哦，天蓝，俄罗斯油画里的蓝
哦，云时青时白，落下影子，大团大团

哦，两旁森林笔直
落叶松笔直，樟子松笔直，白桦笔直

哦，森林公路笔直
哦，只见蓝天云朵
道路无尽

哦，森林公路无尽
永远盘旋向上
恍若理想的漫游
哦，动人的心灵之声
将引领我们去向哪里？

红布条

漠河森林绵延无尽
少人迹
如果看到护林小屋和狗
人烟就近了

而公路旁，隔几里
就现出红布条
有时，系在落叶松上
有时，系在杨树上
有时，灌木丛上
有时，一株小小的
升麻、老鹳草、水苏上

天地
会更静更广阔，雪很快
就会落下

到处隐现的红
会更鲜艳

花园里的狂欢

颍上尤家花园
是尤荫轩所居
之后花园，占地
84 公顷
中有异草奇花杂树
旁有高大屋舍无数
外有护城河
有城堞，可防御
门槛太高，要费力提脚
方可跨过
牌楼巨大，仿佛耸入云霄
一个人，用无数人来服侍
满城人，仰望一个人的
富贵与荣光
而他，并非草莽之辈
具才情，花厅前题自创句
"漫扫落花且作庭前锦绣
莫惊鸣鸟聊为园中笙簧"
一手好字，古朴圆润
品行端正，人生得精神，旧照片中
眉目透出英气

也曾做得善事，镇园之宝，青龙盘石
是两次剿匪
拯一富绅于危难
富绅送来的
——身份虽可疑，而花园太丰盛
像是一场生命的狂欢盛筵
得加快脚步走出去啊，得走出去啊
它让蜗居而四十难不惑者怎么承受

不 堪

一位舞者显露出
他悲怆角色里的惊惶，与他斗舞者
作势欲踏上一脚
"他在成全
他的不堪"
艺术里的不堪
可以加深，却
仍使人难受
现实中的不堪
谁想拥有？而又是谁
源源不断，为他人
造出生活枷锁

掩面舞者，以羞耻
烛照
为他人带来苦痛的心肠们

东沙古镇

古今与距离，会造就神话
当缥缈云雾间的巨大蓬莱仙岛
转化为现实中的岱山
我们心中
升起淡淡的失落

而人间生活
却把惊喜补充过来

此地，万里晴沙
幽静人家
自在常春藤与小黄花
流水从山上来
秋天在酒吧外荡
归回的妇人
平静地开始
烧制傍晚的第一道温暖炊烟

三峡间

是时山河空明
黄金一轮

是时翠帘幕垂
夜色轻掩

是时，持箫、持笙、持二胡者
端坐，皆合于礼
庄严，如持笏

歌女持琵琶
抵眉，守心

而一旦动起来
皆如行云流水，逐自呼应

钟磬鼓铙
交错而响，动斜欹倒，足踏手舞
皆中乐音

歌女手若行云流水

忽启歌喉作《长相思》

婉约良人
古乐何曾输今朝

停下来时，黄金一轮
山河空明

鹿栏晴沙

一滩银线引领的
天幕，平整白沙
自然的鬼斧神工
巧夺造化的疏淡一笔
落于此，超过世间所有大师的妙悟的
精良制作：大海
增一分则多，云天
亦不可减一分
人立于此，只能
一声声喟叹，自己
是这琉璃净美世界多余逗号

证　虚

牛郎织女传说发源地
非遗申报竟成功，依据
古地名构成完整故事链

南天门、天河池、喜鹊山、牛郎洞
南天门石梯耸入天际
磨簪石上王母曾磨簪
天河梁，和银河系走向平行

茫茫宇宙间
一种以虚证虚的徒劳验证
不会有一个星球再用自证
来作存在支撑
七位仙女喜欢沐浴的湖泊
现实中只是一小汪清澈池塘
而世代延续的名称，与固执的努力
却暗含对平淡无奇的时光的对抗

掩面恺撒

他们一拥而上
争先恐后将锋利与冰凉
给予他
甚至需要
用力推开同伙
只为了能刺得更深
然而恰恰因此，二十三处伤口
仅有一处，是致命的
在咽喉
他们，他的
大臣、朋友
他所爱的养子

他竭尽力量
推开他们

他倒在庞培塑像的底座上
"甚至，有你吗
布鲁图?"
最后的力气
他用来掀动自己的托加长袍

覆盖自己溅了鲜血的脸
——他掩面的动作包含的
背叛、遗弃、狐疑、凝视
在不断造就过往与后世的类似影像
甚至，击中
很多平凡人的生活瞬间
射入一颗颗
温暖、满怀热爱之心

迦太基

迦太基毁灭了

蒙羞忍耻
七十五万人在又一次战败中
积蓄力量
想要无条件投降
延续自己的种脉

但是！
"你们的城市
将被完全摧毁，你们
不可以距大海十英里以内
重建家园"
惊怒中，他们又开始抵抗
每个人
知飞蛾以扑火
虽殒身而不恤

迦太基，灭族
于公元前 146 年

怒　喝

一位国王，为了保卫他的子民
一位父亲，为了保护他的儿女
一位丈夫，为了保全他的妻子

不得已，反悔
重入黑暗山洞，恳求
长生吸血鬼
将他变成同类
隐于黑暗中的苍老者
威力巨大，而早已活得疲倦

而当他的国人识别出
他的吸血鬼之身
他们毫不犹豫，撕裂帐篷
让阳光照射他
投去火把、银器、十字架
比对待犹虎视眈眈的敌人
更坚决，更狠

还好他可以复活，他怒喝：
"这就是你们向我每日

保证的忠诚，和回报？
你们能活下来，不是因为
你们的防御，是因为我！
——还不赶快拿起武器
去战斗！"

急速转向命令的孤单悲凉
和自我心灵疗救
和真实时空里的
所差无多

君子传说

一只树虎被树胶粘着
其他树虎
会喂它
为它停留不去

它们生活在亚马孙流域
几千年间，它们是一个繁盛种族
百年间
已灭绝

具君子风的动物
皮毛柔顺昂贵。人们
将一只树虎粘在树上
其他树虎
络绎不绝
闻声寻来

回　归

金盆洗手、洗心革面那些年
几乎无所不能的万磁王
在地心，做着矿工
自食其力
贫穷，而满足于
与妻儿欢笑的平淡幸福

而一支误发的
同时贯穿他妻子和女儿的木质箭矢
看着它飞去
他无能为力
一声绝望的痛吼
他对虚空，低声言说
"我所求，实无多，我已经足够努力
为何总是这样?"

"痴心妄想!
你，想得到尘世间
平凡人的幸福?"
命定的
轨迹，向他投去

高冷一瞥

魔王，在悲愤中回归了，电影故事
也可是
人间命运
隐喻一种

英雄志

周瑜吐出的血

鲜艳而刺目

沉重叹息声

贯于古今，穿透时空

"既生瑜，何生亮！"

而事实上，江山代谢，对手

无穷无尽，比较

哪有意义？生命的核心

并不会因外物增损分毫

而较量，却无止境地延续

痛郁而亡的周瑜

不会知道

他以为惊才绝艳、无敌的诸葛亮

会遇到大敌不断

司马懿、马谡、刘禅与命运

百丈原、秋风、星空和自我

战　场

世事平淡无奇
新的太阳每天升起

我们打着呵欠起床
去挤地铁上班
回家，买菜做饭
又度过一日

然而我们的眼睛
不曾望着
相似的灵魂们
每天，他们经历的
都是一场特洛伊战争
每天，都是自我城堞内外的
阿喀琉斯、赫克托尔、许普诺斯、奥德修斯
帕里斯、阿伽门农、普罗米修斯、墨涅拉奥斯

那卑微者的泪水
那尊贵者的微笑
都属同一个人
那自得，那间断的哀求

那不曾妥协的骄傲

那与生命同宽的疆域

对于幸福、对于爱与被爱的追索

那坍塌，那温暖，那迷恋，那建造

那进、退、拒、守

那可抗、不可抗

合　唱

那些歌声
那么悠长，那样动人

一位同行的作家，在云南边陲小镇
讲到往事
他癌症晚期的父亲，夏夜，执意带着他
到附近广场走走看看
他父亲喜欢上了一支竹笛
买下来，却吹不出声音
他气息，太过虚弱

回到病房，恰好停电，烛光中，一位老人
病床上坐着，抱一把中阮弹拨
瘦削的脊背弓着
恍若轻而薄弯弯刀锋

他父亲围了过去
他围了过去
一群身患绝症的人渐渐围了过去
满心哀戚的亲人围了过去

跟随着那把中阮的绝妙乐音
他们合唱
合唱《好人一生平安》
他们浅和低唱
歌声动情，久久不绝

运　转

拎一只箱子，出差归晚，十二点楼下
家庭超市还开着门
一屋柔弱的灯光
像漆黑大海中的一叶孤帆

很多年前
一家私人诊所
也总在夜半
这样开着门，不知疲倦地运转
动力来自
一家人的欢笑哭泣
三个孩子的渐长渐大

那屋子温暖，父母温暖
他们用不着思考
生活的真正意义为何

世　象
——谒懿德太子墓与永泰公主墓

一位十七岁
一位十九岁
被自己祖母
杖杀
女皇有不可测的权威
和杀鸡儆猴的用意

一群皮肤光鲜的孩子
叽叽喳喳议论
祖母择取面首的事
他们在其中

像两双黑漉漉的眼睛
是两个我们
不能理解的
世象的入口

阔　舞

噌闳铿锵若大将阔舞

若武士
执戈角力

一触即离的回旋
回旋舞

却是满怀爱悦与生殖意的
一触即离
再触、再触的回旋舞

目无余鱼
欢喜流布

恍似天地间
只存在两条红尾大戟的生殖舞
只有它们，飘雪回风的两只
鳍似弯钩
背如长刃

亲　亲

像一个小孩，扑向这个
扑向那个
一条斑马，亲亲这条鱼
亲亲那条鱼
不管它们
多么不情愿

然而过了一会儿
一条鱼追着
亲亲另一条鱼，另一条
追着亲亲另一条

鱼缸里的盛开的亲亲
多么热烈

时 刻

相爱的两个人携手
走上雪霁初晴的山坡

终于暂得安宁的时刻
悲喜交集的时刻
安宁如天空的时刻

宇宙深不可测
世情难于估量

小幸福闪着光
鸟儿咕咕、咕咕地叫着

名　字

有一本我看过而遍寻不着的
名不见经传的小小佛经里
住着一群可爱的菩萨

佛祖问：你们可以为众生做什么
他们争先恐后地回答：
我可以使世间平安
我可以使人富足
我可以使人消弭灾祸
我可以使人健康长寿
我可以使人所求皆得

他们的嗓音一定很好听
他们有月光一样、泉水一样
好听的名字
我却只能记得一二
如果我全部记得，因为感激
我会将它们
——说出

图书在版编目（CIP）数据

富春山教 / 聂权著.-- 武汉：长江文艺出版社，
2021.12
　　ISBN 978-7-5702-2458-6

　　Ⅰ.①富… Ⅱ.①聂… Ⅲ.①诗集－中国－当代
Ⅳ.①I227

　　中国版本图书馆 CIP 数据核字（2021）第 231129 号

富春山教
FU CHUN SHAN JIAO

责任编辑：谈　骁　　　　　　责任校对：毛季慧

封面设计：祁泽娟　　　　　　责任印制：邱　莉　　王光兴

封面题字：雷平阳

出版：长江出版传媒　长江文艺出版社

地址：武汉市雄楚大街 268 号　　　邮编：430070

发行：长江文艺出版社

http://www.cjlap.com

印刷：湖北新华印务有限公司

开本：850 毫米×1168 毫米　　　1/32　　　印张：6.75　　插页：4 页

版次：2021 年 12 月第 1 版　　　2021 年 12 月第 1 次印刷

行数：3672 行

定价：58.00 元
